FICHE DE LECTURE

Document rédigé par Mathilde Le Floc'h
maitre en littérature française
(Université Paris IV-Sorbonne)

Le Premier Homme

Albert Camus

lePetitLittéraire.fr

Albert Camus
Écrivain, dramaturge, essayiste et philosophe français

- **Né en 1913 à Mondovi (Algérie)**
- **Décédé en 1960 à Villeblevin**
- **Quelques-unes de ses œuvres :**
  L'Étranger (1942), roman
  Le Mythe de Sisyphe (1942), essai
  La Peste (1947), roman

Français né en Algérie, Prix Nobel de littérature, Albert Camus (1913-1960) est l'un des écrivains majeurs du XXe siècle. Intellectuel profondément engagé, philosophe, journaliste, dramaturge et romancier, il a marqué son temps par sa réflexion sur l'absurde, qui a trouvé chez lui une expression nuancée, sensible et humaine.

Largement admiré, parfois critiqué, Camus a trouvé un écho considérable dans le monde entier avec ses romans *La Peste* (1947) et, surtout, *L'Étranger* (1942). Il est mort prématurément en 1960 des suites d'un accident de voiture.

Le Premier Homme
Un enfant en quête d'un père absent

- **Genre :** roman autobiographique
- **Édition de référence :** *Le Premier Homme*, Paris, Gallimard, coll. « Folio », 2000, 380 p.
- **1re édition :** 1994
- **Thématiques :** mémoire, famille, identité, mort, Algérie

Le Premier Homme est un roman autobiographique inachevé. Publiée en 1994 par la fille d'Albert Camus aux éditions Gallimard, cette œuvre devait être la première partie d'une trilogie. L'auteur y raconte, par le biais d'un alter ego, Jacques Cormery, son enfance dans un petit village en Algérie, avec sa mère et sa grand-mère, sa vie d'adulte en France, ainsi que ses tentatives pour savoir quel type d'homme était son père.

RÉSUMÉ

Le roman s'ouvre sur une dédicace à la mère de l'auteur : « À toi qui ne pourras jamais lire ce livre. »

Un couple dont la femme est enceinte arrive à bord d'une carriole conduite par un Arabe au village de Solférino, sur les hauts plateaux d'Algérie, non loin de la frontière tunisienne. Le père vient d'y prendre la gérance d'une terre. Ils ne sont pas encore entrés dans la ferme que la femme commence à sentir les premières contractions. Alors que son mari part chercher un médecin, elle est prise en charge par des femmes arabes. À l'arrivée du praticien et de son mari, elle a déjà accouché. L'enfant n'est autre que le héros de l'histoire, Jacques Cormery, le double de l'auteur. Malheureusement, le père de l'enfant meurt au combat quelques années après sa naissance, lors de la Première Guerre mondiale. Jacques ne garde que très peu de souvenirs de lui. Le seul fait marquant dont il se souvienne réellement est l'exécution de Pirette, un meurtrier, à laquelle son père a assisté. Jacques se rappelle de son retour à la maison et de ce qu'il lui avait dit. Cette histoire l'a marqué à un point tel qu'il a l'impression d'avoir accompagné son père.

Quarante ans plus tard, Jacques voyage en train depuis Paris vers Saint-Brieuc. À la demande de sa mère, il se rend au cimetière pour voir la tombe de son père Pour lui, cette démarche n'a pas de sens, car son père est comme un inconnu. Ce n'est que parce que l'un de ses amis s'est retiré dans la ville et qu'il souhaite lui rendre visite qu'il décide de se rendre au cimetière. En découvrant les dates sur la pierre tombale, il est pourtant ébranlé : son père est mort alors qu'il était plus jeune que lui. Cela le pousse à faire des recherches sur celui qui lui a donné la vie. Cette investigation dans le passé de ce dernier lui permet de raconter son histoire et de parler de sa famille.

Jacques dine avec son ami, Victor Malan, à qui il avoue sa profonde admiration. Cet homme semble être comme un père pour lui. Jacques lui dévoile son projet de chercher des renseignements sur son père, mais Victor craint qu'il ne soit déçu. Malgré cet avertissement, Jacques est convaincu qu'il doit réaliser cette recherche et décide de partir en Algérie. Ce retour sur son passé lui fait remarquer que l'obscurité en lui est due au silence de sa famille et de son peuple. En effet, au cours du récit, l'auteur montre le contraste entre la terre d'Algérie, où le vent de sable efface tout souvenir, et la métropole, qui elle conserve la mémoire. De plus, la famille de Jacques était extrêmement pauvre, or, selon lui, les pauvres ont moins de repères dans le temps et dans l'espace que les riches.

Le chef de famille était sa grand-mère. Aussi n'est-il pas étonnant que Jacques en fasse une description détaillée. Figure d'autorité, c'est elle qui gérait l'argent, l'achat des vêtements ainsi que des courses, et toutes les activités de la famille. Elle ne faisait preuve d'aucune tendresse. Sur le bateau qui le mène en Algérie, Jacques se rappelle des siestes qu'il faisait avec elle dans l'appartement d'Alger : lorsqu'il faisait trop chaud, sa grand-mère lui imposait de dormir avec elle et, pour lui, ces siestes étaient des moments de grand ennui. Il se souvient également qu'un jour, sa grand-mère lui avait demandé d'aller chercher une poule dans le poulailler afin de la manger. Malgré sa peur, il avait exécuté cette tâche. Pour le remercier de son courage, sa grand-mère l'avait invité à assister dans la cuisine à son égorgement. Devant ce spectacle, Jacques avait été pris d'une peur panique de la mort.

Jacques rend visite à sa mère. Elle apparait « douce, polie, conciliante, passive [...], isolée dans sa demi surdité » (p. 71), en somme l'opposé de la grand-mère de Jacques. Il la questionne sur son père, mais Lucie Cormery ne se souvient que de très peu de choses : ses souvenirs se limitent à peu près à l'annonce de la mort de son mari par le maire et à la remise du morceau d'obus qui l'avait blessé à mort. Dans la rue, une explosion retentit, leur rappelant qu'ils sont au cœur de la guerre d'Algérie. En effet, le temps de la narration se situe en 1954.

Étienne est l'oncle de Jacques. D'une grande beauté, il était cependant plus sourd encore que Lucie, au point qu'il n'a pas pu travailler pendant son enfance. Il en a donc profité pour apprendre à lire. Jacques se souvient des parties de chasse avec lui et son chien Brillant. L'auteur raconte que les colères de son oncle étaient « aussi immédiates et entières que ses plaisirs » (p. 128). Il a été le premier modèle masculin de Jacques.

Jacques évoque ensuite M. Bernard, son maitre d'école, qui était également un père de substitution pour lui. Il avait fait la bataille de la Marne et en était revenu. Le parallélisme entre lui et le père de Jacques était donc très explicite. L'auteur décrit le déroulement de la classe et la relation privilégiée qu'il avait avec son maitre. Si M. Bernard était plein d'attentions envers les élèves, il n'en était pas moins sévère : quand les enfants commettaient une faute grave, il leur donnait la fessée avec une grosse règle qu'il appelait « sucre d'orge ». Cette punition était acceptée par les élèves car le maitre était d'une équité absolue. À l'époque, c'était principalement aux instituteurs d'inculquer les valeurs morales.

À la fin de l'année, M. Bernard avait inscrit Jacques à la bourse des lycées et des collèges, et c'est ainsi que le petit Cormery était parvenu à poursuivre ses études, malgré la pauvreté de sa famille.

Les élèves de M. Bernard qui avaient réussi à poursuivre leurs études se rendaient compte qu'ils étaient désormais livrés à eux-mêmes. Quand Jacques, au début de l'année, avait dû marquer la profession de sa mère sur une fiche et qu'incité par un camarade, il avait écrit « domestique », il avait commencé à avoir honte et avait alors pris conscience de l'importance des parents pour la construction de soi.

Les jeudis sans punition et les dimanches étaient consacrés aux courses et aux travaux de la maison. Le reste du temps, Jacques jouait au football avec ses amis sur la plage. Les équipes se composaient d'Arabes et de Français. Parfois, ils allaient lire à la bibliothèque municipale des albums illustrés et des histoires de héros. Jacques avait une passion pour la lecture. Il gagnait souvent des livres à l'occasion des remises de prix scolaires.

Au terme du récit, il n'a pas trouvé toutes les réponses qu'il cherchait, mais il garde des sensations et des souvenirs de sa famille, de sa jeunesse et de sa mère qu'il a aimée passionnément.

ÉTUDE DES PERSONNAGES

JACQUES CORMERY

Jacques Cormery, le narrateur, est le double d'Albert Camus, l'auteur.

Le roman est fondé sur un parallélisme entre Jacques enfant et Jacques adulte. Le second se rappelle le premier, en une oscillation permanente. Élevé sans père, Jacques évolue dans une famille d'Alger très pauvre. Il aime passionnément sa mère et craint sa grand-mère. C'est un garçon obéissant. Doué à l'école, il poursuit ses études au lycée, et bénéficie de l'enseignement et de la culture dont est privé le reste de sa famille.

Une fois adulte, il se rend sur la tombe de son père à Saint-Brieuc. Cet épisode déclenchera la volonté de faire des recherches sur son père et sera le moteur de l'histoire – peut-être même la raison de l'écriture du roman. Cette recherche a lieu assez tard : Jacques a déjà 40 ans. Selon lui, les hommes se construisent grâce à leurs parents. Jacques amorce donc une véritable quête de lui-même à travers la recherche de son père.

LUCIE CORMERY

Lucie Cormery est la mère de Jacques et de Louis (appelé parfois Henri dans le roman). Rarement appelée par son prénom, elle est souvent désignée par son rôle, sa place dans la famille : sa mère. Les visites d'Antoine, son prétendant, sont les seuls moments où elle est présentée avant tout comme une femme.

Le roman lui est dédié : « À toi qui ne pourras jamais lire ce livre. » En effet, Lucie Cormery, très pauvre, n'a jamais eu accès à l'enseignement et ne sait pas lire. De plus, sa surdité l'enferme, l'isole et la condamne dans une attitude de contemplation. L'auteur écrit qu'elle regardait « par la même fenêtre le mouvement de la même rue qu'elle avait contemplé pendant la moitié de sa vie » (p. 111). Son état de repli la contraint d'ailleurs à renoncer à son rôle dans l'éducation de ses enfants au profit de sa mère, qui est le chef de la famille. Dès lors, Lucie est mère, non parce qu'elle éduque ses enfants, mais en raison de l'amour qu'elle leur donne.

HENRI CORMERY

Henri Cormery est le père de Jacques. Comme sa femme, il est rarement nommé par son prénom. Désigné par le terme générique « l'homme », il prend une dimension générale, quasiment parabolique. Il apparait dans le premier chapitre, à la naissance de Jacques. Il est né en 1885 et mort en 1914 à Saint-Brieuc, après avoir été blessé à la bataille de la Marne. Ce père, tombé dans l'oubli et mort sur une terre inconnue (la métropole), constitue le moteur de l'histoire. Jacques, après avoir vu sa tombe, au cimetière de Saint-Brieuc, n'aura de cesse de chercher des renseignements sur cet inconnu qui lui a donné la vie.

LA GRAND-MÈRE

La grand-mère n'est pas désignée par son prénom, mais, comme pour Lucie Cormery, et de manière plus exacerbée, elle est définie par son rôle : c'est le chef de famille. Elle gère l'argent, le travail et la distribution des tâches ménagères. C'est elle qui décide si Jacques doit poursuivre ses études et c'est elle encore qui lui trouve un travail chez un courtier maritime. Contrairement à sa fille, pleine d'amour et de douceur, la grand-mère est exclusivement une figure d'autorité et de punition. L'éducation de Jacques et de Louis est par conséquent dédoublée : leur mère leur apporte l'amour et l'affection, tandis que leur grand-mère fait preuve de sévérité, leur inculquant une certaine discipline. Jacques ne montre jamais d'affection pour elle, et sa mort ne fait même pas l'objet d'un paragraphe dans le roman.

ÉTIENNE

Étienne est l'oncle de Jacques et de Louis. Malgré sa position d'homme unique dans la famille, il n'a pas un rôle marquant dans l'éducation de Jacques. Atteint d'une plus grande surdité encore que celle de sa sœur Lucie, il n'a pas pu travailler dans son enfance, ce qui lui a permis d'apprendre à lire. Ce personnage fait à lui seul l'objet d'un long chapitre dans le roman, dans lequel Jacques brosse son portrait et décrit leur relation.

M. BERNARD

M. Bernard est le maitre d'école de Jacques. Il est aussi le père de substitution du garçon : « Celui-là [Jacques] n'avait pas connu son père, mais il lui [à M. Bernard] en parlait souvent sous une forme un peu mythologique et, dans tous les cas, à un moment précis, il [M. Bernard] avait su remplacer ce père » ; « Moi [c'est M. Bernard qui parle], j'ai fait la guerre avec leurs pères et je suis vivant. J'essaie de remplacer ici au moins mes camarades morts » (p. 170). M. Bernard a fait la bataille de la Marne, comme Henri Cormery, mais il en est revenu. C'est grâce à lui que Jacques s'est construit, qu'il est allé au lycée et sans doute qu'il est devenu écrivain.

M. Bernard est aussi la seule et unique voie du souvenir. Il s'oppose ainsi à la mémoire effacée qui est omniprésente dans le roman. C'est grâce à lui que Jacques réussit à retracer son histoire, notamment par la lecture en classe d'un roman de la Première Guerre mondiale, *Les Croix de bois* de Dorgelès, qui est un peu l'histoire de son propre père.

CLÉS DE LECTURE

LE PEUPLE ALGÉRIEN

Le peuple est par définition un groupement de personnes, prises dans une dimension collective, privées d'individualité et par conséquent anonymes. Ayant grandi dans une famille pauvre d'Alger, Jacques Cormery/Albert Camus a réussi à échapper à l'anonymat (« Lui avait essayé d'échapper à l'anonymat, à la vie pauvre, ignorante obstinée, il n'avait pu vivre au niveau de cette patience aveugle, sans phrases, sans autre projet que l'immédiat », p. 214), contrairement aux siens. Il souhaite dès lors donner un nom et donner la parole au peuple qui l'a construit :

- d'une part en incarnant ce peuple en certains personnages, notamment celui de sa mère. En effet, qui représente mieux ce peuple anonyme, sans mémoire et muet, cette terre de l'oubli qu'est l'Algérie, que cette mère effacée, sans souvenirs et repliée dans le mutisme ? La mère, représentation du peuple algérien, prend dès lors une dimension allégorique ;
- d'autre part Jacques, en relatant ses propres souvenirs, place ce peuple en arrière-plan de son roman. De ce fait, par l'écriture, il lui restitue son histoire, lui donne la parole et lui recrée ainsi un passé. Le roman représente ainsi la *vox populi* (la voix du peuple). Celle-ci est

définie comme « une seule ombre anonyme, signalée par un sourd piétinement et un bruit confus de voix » (p. 151). Véritable hommage au peuple, *Le Premier Homme* est la parole du peuple sur le peuple.

L'auteur insiste sur le fait que le peuple algérien soit sans mémoire, qu'il ne vive que dans le présent, sans passé ni avenir : « Un immense oubli s'était étendu sur eux [les gens du peuple]. » (p. 93) Cette absence de mémoire du peuple est expliquée par Camus de manière très concrète : « La mémoire des pauvres déjà est moins nourrie que celle des riches, elle a moins de repères dans l'espace puisqu'ils quittent rarement le lieu où ils vivent, moins de repères aussi dans le temps d'une vie uniforme et grise. » (p. 93)

La peur de l'oubli est également un des moteurs de l'écriture de ce roman. Ainsi, c'est parce que Albert Camus ne veut pas que son histoire et celle de son peuple soit oubliée qu'il écrit. Il souhaite garder une trace de sa famille, de ses origines et surtout de son père.

MÉMOIRE ET HISTOIRE

L'histoire et la mémoire tiennent une place très importante dans ce roman autobiographique. Et c'est là tout le paradoxe, puisqu'il s'agit de l'histoire d'un homme qui n'a pas d'histoire et de ses souvenirs dans une famille sans mémoire, comme nous l'avons expliqué ci-dessus.

Deux histoires semblent coexister dans le roman, celle d'Alger et celle de la métropole française. La terre d'Alger est sans mémoire, alors que la France conserve ses souvenirs. Ces deux terres, présentes par alternance dans le roman, sont bien distinctes dans l'esprit de l'auteur et sont extrêmement différentes : « La Méditerranée séparait en moi deux univers, l'un où dans des espaces mesurés les souvenirs et les noms étaient conservés, l'autre où le vent de sable effaçait les traces des hommes sur de grands espaces » (p. 214), explique le narrateur. Il y a d'un coté la terre de l'enfant qu'il était, c'est-à-dire l'Algérie, et de l'autre coté, la terre de l'adulte qu'il est et qui se souvient, c'est-à-dire la France. À l'occasion de ses recherches, Jacques retourne dans la ferme où il est né ; là, il parle au fermier qui y habite à présent et qui lui dit : « Puisque vous êtes du pays, vous savez ce que c'est. Ici, on ne garde rien. On abat et on reconstruit. On pense à l'avenir et on oublie le reste. » (p. 197) Ce contraste entre les deux terres est manifeste grâce à l'exemple des tombes. En effet, aux tombes usées et verdies du cimetière de Mondovi s'opposent celles, bien entretenues, de celui de Saint-Brieuc (p. 214).

Deux personnages, qui ont beaucoup compté pour Jacques et qui ont été essentiels dans son éducation, sont bien représentatifs de l'opposition entre les deux terres. Le premier, Lucie Cormery, représente l'oubli, la terre d'Alger et la pauvreté, comme nous l'avons déjà dit ; l'autre, M. Bernard, constitue une passerelle vers les souvenirs et un lien avec la métropole. Lucie Cormery n'a pas de mémoire, elle est condamnée à l'oubli. Ainsi, aux questions que lui pose Jacques, elle n'aura de cesse de répondre qu'elle ne se souvient pas ou qu'elle n'a jamais su. M. Bernard, quant à lui, tente, par la culture et l'enseignement, de donner à Jacques une histoire, qui n'est pas la sienne, mais qui pourrait l'être. La lecture du livre *Les Croix de bois*, n'est pas l'histoire de son père à la guerre, mais aurait pu l'être. M. Bernard est celui qui fait le lien avec la métropole et donne au jeune garçon les premiers repères.

Ainsi, le titre du roman se clarifie : le « premier homme » désigne Jacques, qui est né sur une terre *ex nihilo* (l'Algérie) et qui ne parvient donc pas, par le biais de la mémoire, à reconstituer son histoire. Malgré toutes ses recherches, il reste beaucoup d'incertitudes parmi ses souvenirs. Il est le premier homme non seulement parce que l'histoire de l'Algérie est tombée dans l'oubli avant lui, mais aussi parce qu'en racontant son histoire, il devient le représentant de tous les hommes d'Algérie.

LA THÉMATIQUE DU SOLEIL ET L'EXOTISME

La thématique du soleil est récurrente dans l'œuvre de Camus. Elle est présente dans *L'Étranger*,par exemple, où le soleil tient un rôle actif dans le déroulement de l'action. Dans *Le Premier Homme*, le soleil est plus discret, mais n'en est pas moins omniprésent. Il a plusieurs rôles et plusieurs significations :

- il est tout d'abord synonyme d'étouffement et d'ennui pour Jacques. La chaleur du soleil lui rappelle les siestes de son enfance (p. 49) : lorsque le soleil était trop chaud, sa grand-mère l'obligeait à faire des siestes avec elle, au cours desquelles il s'ennuyait beaucoup. Ainsi, les siestes étaient précédées des mots de Jacques enfant, « Je m'ennuie ! Je m'ennuie ! » répétés « comme une litanie » (p. 51) ;

- ensuite, le soleil accompagne Jacques dans ses souvenirs, c'est grâce à lui qu'il parvient à se souvenir d'Alger. En effet, pour Jacques, l'un ne va pas sans l'autre : le soleil est intimement lié à la ville d'Alger. Le soleil dégage une chaleur écrasante, qui apparait comme l'atmosphère récurrente de la ville. D'ailleurs, au chapitre 4, sur le bateau qui le mène à Alger, le soleil l'accompagne. Il est comme un fil conducteur de ses souvenirs qui le mène à la terre de son enfance ;
- le soleil exacerbe enfin la violence. Au cours de la visite de Jacques à Solférino, dans la ferme où il est né, il rencontre le médecin qui était présent à sa naissance. Celui-ci lui dit, en faisant référence à la résistance des Algériens au colonialisme : « On [les colons] les [les Algériens] avait enfermés dans des grottes avec toute la smalah, [...] et alors on remonte au premier criminel, vous savez, il s'appelait Caïn, et depuis c'est la guerre, les hommes sont affreux, surtout sous le soleil féroce. » (p. 209) La violence est en partie justifiée par le soleil.

Le soleil algérien s'oppose au froid de la métropole. Pour Jacques enfant, qui ne connait que les grandes chaleurs et les paysages désertiques, le froid glacé de la France relève de la mythologie. Il raconte que les récits d'enfants portant un bonnet et un cache-nez de laine sur des chemins couverts de neige étaient pour lui « l'exotisme même » (p. 162). Ces histoires, racontées en classe, « faisaient partie pour lui de la puissante poésie de l'école » et nourrissaient ses rêves. Cet exotisme positif était doublé dans son imaginaire d'un exotisme négatif, « où la peur et le malheur rôdaient » (p 165). En effet, il associait également à la métropole la guerre, car son père était parti en France pour combattre.

PISTES DE RÉFLEXION

QUELQUES QUESTIONS POUR APPROFONDIR SA RÉFLEXION…

- En quoi peut-on dire que *Le Premier Homme* est un roman sur l'histoire et la mémoire ? En quoi est-ce paradoxal de dire cela ?
- Quelle est la place du mythe dans l'œuvre d'Albert Camus ?
- En quoi le premier chapitre peut-il être assimilé au récit d'une naissance biblique ? Quel effet en découle ?
- Camus a toute sa vie voulu parler au nom de ceux à qui la parole était refusée. Dans *Le Premier Homme*, cette volonté de l'auteur est également présente. Expliquez.
- La pauvreté dans le roman d'Albert Camus est-elle une réelle entrave à la liberté ? Si oui, pourquoi ?
- Étudiez la place et la représentation du peuple dans le roman.
- Peut-on dire que *Le Premier Homme* est un roman initiatique ?
- Quel est le rôle du soleil dans l'œuvre ? Comparez-le avec son rôle d'autres œuvres de Camus comme *L'Étranger* ou encore *Noces*.
- Quelles sont les raisons, selon vous, qui poussent Albert Camus à dédier le roman à sa mère ?

POUR ALLER PLUS LOIN

ÉDITION DE RÉFÉRENCE

- Camus A., *Le Premier Homme*,Paris, Gallimard, coll. « Folio », 2000.

ADAPTATION

- *Le Premier Homme*, film de Gianni Amelio, avec Jacques Gamblin dans le rôle de Jacques Cormery et Claudia Cardinale dans le rôle de sa mère, France-Italie, 2012.

SUR LEPETITLITTÉRAIRE.FR

- Fiche de lecture sur *Caligula* d'Albert Camus
- Fiche de lecture sur *La Chute* d'Albert Camus
- Fiche de lecture sur *La Peste* d'Albert Camus
- Fiche de lecture sur *L'Étranger* d'Albert Camus
- Fiche de lecture sur *Le Mythe de Sisyphe* d'Albert Camus
- Fiche de lecture sur *Les Justes* d'Albert Camus

Retrouvez notre offre complète sur lePetitLittéraire.fr

- des fiches de lectures
- des commentaires littéraires
- des questionnaires de lecture
- des résumés

Anouilh
- Antigone

Austen
- Orgueil et Préjugés

Balzac
- Eugénie Grandet
- Le Père Goriot
- Illusions perdues

Barjavel
- La Nuit des temps

Beaumarchais
- Le Mariage de Figaro

Beckett
- En attendant Godot

Breton
- Nadja

Camus
- La Peste
- Les Justes
- L'Étranger

Carrère
- Limonov

Céline
- Voyage au bout de la nuit

Cervantès
- Don Quichotte de la Manche

Chateaubriand
- Mémoires d'outre-tombe

Choderlos de Laclos
- Les Liaisons dangereuses

Chrétien de Troyes
- Yvain ou le Chevalier au lion

Christie
- Dix Petits Nègres

Claudel
- La Petite Fille de Monsieur Linh
- Le Rapport de Brodeck

Coelho
- L'Alchimiste

Conan Doyle
- Le Chien des Baskerville

Dai Sijie
- Balzac et la Petite Tailleuse chinoise

De Gaulle
- Mémoires de guerre III. Le Salut. 1944-1946

De Vigan
- No et moi

Dicker
- La Vérité sur l'affaire Harry Quebert

Diderot
- Supplément au Voyage de Bougainville

Dumas
- Les Trois Mousquetaires

Énard
- Parlez-leur de batailles, de rois et d'éléphants

Ferrari
- Le Sermon sur la chute de Rome

Flaubert
- Madame Bovary

Frank
- Journal d'Anne Frank

Fred Vargas
- Pars vite et reviens tard

Gary
- La Vie devant soi

Gaudé
- La Mort du roi Tsongor
- Le Soleil des Scorta

Gautier
- La Morte amoureuse
- Le Capitaine Fracasse

Gavalda
- 35 kilos d'espoir

Gide
- Les Faux-Monnayeurs

Giono
- Le Grand Troupeau
- Le Hussard sur le toit

Giraudoux
- La guerre de Troie n'aura pas lieu

Golding
- Sa Majesté des Mouches

Grimbert
- Un secret

Hemingway
- Le Vieil Homme et la Mer

Hessel
- Indignez-vous !

Homère
- L'Odyssée

Hugo
- Le Dernier Jour d'un condamné
- Les Misérables
- Notre-Dame de Paris

Huxley
- Le Meilleur des mondes

Ionesco
- Rhinocéros
- La Cantatrice chauve

Jary
- Ubu roi

Jenni
- L'Art français de la guerre

Joffo
- Un sac de billes

Kafka
- La Métamorphose

Kerouac
- Sur la route

Kessel
- Le Lion

Larsson
- Millenium I. Les hommes qui n'aimaient pas les femmes

Le Clézio
- Mondo

Levi
- Si c'est un homme

Levy
- Et si c'était vrai...

Maalouf
- Léon l'Africain

Malraux
- La Condition humaine

Marivaux
- La Double Inconstance
- Le Jeu de l'amour et du hasard

Martinez
- Du domaine des murmures

Maupassant
- Boule de suif
- Le Horla
- Une vie

Mauriac
- Le Nœud de vipères

Mauriac
- Le Sagouin

Mérimée
- Tamango
- Colomba

Merle
- La mort est mon métier

Molière
- Le Misanthrope
- L'Avare
- Le Bourgeois gentilhomme

Montaigne
- Essais

Morpurgo
- Le Roi Arthur

Musset
- Lorenzaccio

Musso
- Que serais-je sans toi ?

Nothomb
- Stupeur et Tremblements

Orwell
- La Ferme des animaux
- 1984

Pagnol
- La Gloire de mon père

Pancol
- Les Yeux jaunes des crocodiles

Pascal
- Pensées

Pennac
- Au bonheur des ogres

Poe
- La Chute de la maison Usher

Proust
- Du côté de chez Swann

Queneau
- Zazie dans le métro

Quignard
- Tous les matins du monde

Rabelais
- Gargantua

Racine
- Andromaque
- Britannicus
- Phèdre

Rousseau
- Confessions

Rostand
- Cyrano de Bergerac

Rowling
- Harry Potter à l'école des sorciers

Saint-Exupéry
- Le Petit Prince
- Vol de nuit

Sartre
- Huis clos
- La Nausée
- Les Mouches

Schlink
- Le Liseur

Schmitt
- La Part de l'autre
- Oscar et la Dame rose

Sepulveda
- Le Vieux qui lisait des romans d'amour

Shakespeare
- Roméo et Juliette

Simenon
- Le Chien jaune

Steeman
- L'Assassin habite au 21

Steinbeck
- Des souris et des hommes

Stendhal
- Le Rouge et le Noir

Stevenson
- L'Île au trésor

Süskind
- Le Parfum

Tolstoï
- Anna Karénine

Tournier
- Vendredi ou la Vie sauvage

Toussaint
- Fuir

Uhlman
- L'Ami retrouvé

Verne
- Le Tour du monde en 80 jours
- Vingt mille lieues sous les mers
- Voyage au centre de la terre

Vian
- L'Écume des jours

Voltaire
- Candide

Wells
- La Guerre des mondes

Yourcenar
- Mémoires d'Hadrien

Zola
- Au bonheur des dames
- L'Assommoir
- Germinal

Zweig
- Le Joueur d'échecs

Et beaucoup d'autres sur lePetitLittéraire.fr

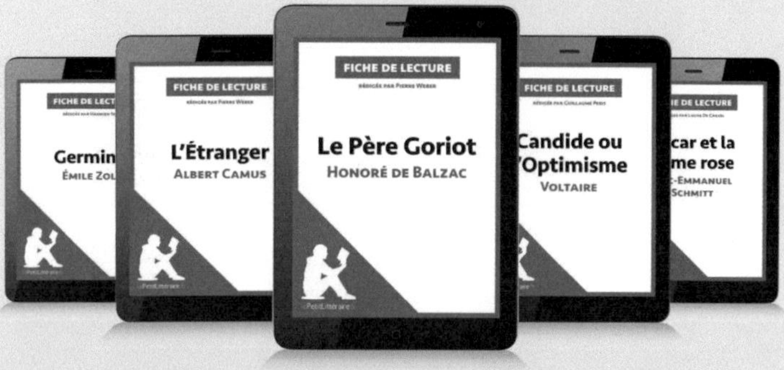

www.lepetitlitteraire.fr

ISBN version imprimée : 978-2-8062-1155-2
ISBN version numérique : 978-2-8062-2010-3
Dépôt légal : D/2013/12.603/132